虎虎
·
虎虎
·
有年

·
虎
·
福

林 煥 彰

詩 畫 集

推薦序
虎背上的詩鳥

韋　葦教授（詩人、兒童文學評論家）

一、

　　江西新幹縣1989年從商代古墓中出土了一隻雙尾青銅虎。這虎威武、勇猛的神情，其所藏匿詭譎、仙逸的神氣，應是中華民族祖先虎崇尚的理由。不過，我在意的是這虎竟有兩條翹卷的尾巴──我們古老祖先的藝術思維就這樣的不拘一格，這樣的新穎別緻，這樣的生動活潑！這不活脫脫是一隻童話虎麼！而奇妙中最奇妙的則是，這青銅虎背上停佇著一隻青銅鳥。如果說虎是童話虎，這鳥當然就是童詩鳥了。

　　這件神祕的青銅文物，彷彿就是為象徵林煥彰這部詩集而存在的。不是嗎？林煥彰的虎年詩集正就是一隻飛落在虎背上的詩鳥。虎年因有林煥彰這部詩集的出現，而平添了詩魅的濃度。詩當然不能消弭揮之不去的肆虐於人間的疫情，但是詩可以紓釋瀰漫於人間的焦慮與煩惱。詩隱喻著人類精神生命活力的旺盛。所以詩集是疫情對抗物。林煥彰的詩集就這樣在告訴我們：疫災中的人們啊，患難中的人們啊，畢竟人間有詩──詩與我們同在！

二、

　　有水塘的地方就有魚兒在翔游，有樹林的地方就有鳥兒在啁啾，有曠野的地方就有兔狐在奔突，在長江、黃河流經的地方，有中國孩子在讀書的地方，就有童聲在琅琅著林煥彰的詩。

　　影子在前，
　　影子在後，
　　影子常常跟著我，
　　就像一條小黑狗。

　　影子在左，
　　影子在右，
　　影子常常陪著我，
　　它是我的好朋友。

　　　　　　　　　　　　　　　　　——〈影子〉

　　林煥彰的詩宣言是：

　　活著　認真寫詩
　　死了　讓詩活著

　　林煥彰的詩就活在孩子們的口中和心中。
　　所以，林煥彰的詩集不會悶死在抽斗裡。

所以，林煥彰的詩集不會憋死在箱子裡。

所以，林煥彰的詩集不會寂寞在書架上。

所以，林煥彰的詩集更不會拋荒在廢紙收購站裡。

詩被傳誦著，就是詩活著——林煥彰的詩活著。

三、

我的職志，我的使命，我最想做成、做好的事，是向中國孩子推介、傳播世界上最好的童詩——孩子喜歡讀、最應該讀的詩。「精典童詩伴讀」、「世界童詩精選」，都是我想要努力做成功的。從邏輯上說，「世界」不能沒有「中國」，所以我也要往我的詩集裡編進中國最好的詩，其質地與世界各國錦繡詩章旗鼓相當的詩，放置世界童詩精品集裡毫不遜色的詩。在中國，尋覓、搜羅這樣的詩，我的方向、路徑在哪裡？我第一個想到的是林煥彰。因為，我知道，我在林煥彰的詩集裡最容易找到我需要嚴苛挑選的詩。林煥彰不會讓我失望的。

林煥彰的貓詩裡，林煥彰的鳥詩裡，林煥彰的沉思詩裡，林煥彰觸景生情的急就章裡，這些詩叢裡，我不難找到符合我要求的詩。

我問海：

今年幾歲呀？

「請你仔細看我的臉，

數一數我臉上的皺紋。」

我問山：

「你們為什麼不起來走動走動呀？」

「我們都老了，

還是坐著好。」

——〈問海問山〉

這樣的詩，放到世界上任何一本高端詩集裡，都不會是遜色的。

我信仰林煥彰的詩，是由林煥彰詩的品質決定的——不因為我在林煥彰的家裡坐過，不因為我在林煥彰的半半樓裡駐留過。

四、

林煥彰為自己瀟灑垂掛到頸項的銀髮寫過詩：

我的頭髮，比芒花

白，更接近雪

林煥彰，當他坐到臨海的窗邊，海風就來吹他銀銀的長髮。詩人一邊任長髮隨海風飄動，一邊沉入靜思冥想，如入神，若禪定，似得道，彷哲人然，與繆斯化而為一。

林煥彰曾申言，他「拒絕長大」，做「一個長不大的人」，做一個「時間的局外人」；「倘要發展，也是朝著童年發展」。唯如此，他才能讓他的銀白長髮到處飄飛，忽而是海峽兩岸，忽而是大江南北，忽而是華夏東西，忽而是境內國外。

這樣，我才有機會與他在各種場合欣喜相逢。

林煥彰晨曦般的微笑，孩童般的神情，吻合著他的申言。他的確是一個心中永駐童年的詩長者，即使從外在的樣貌看，也是顯見華年的神形不肯盡悉消褪。

五、

我以真誠為本。在林煥彰的印象中，我也應該會是真誠的。林煥彰不會讓一個油滑世故的人為他寫序。這虎年的林煥彰詩集，當然是林煥彰嶄新的詩繁星，其中有些詩章的靈光閃爍，令我眼前一亮又一亮。

> 雲，可在天空寫詩／雨，可在天空寫詩／霧，可在天空寫詩／鳥，可在天空寫詩／／落葉一直在思考，想太多了／它就不敢落下來／／我們用力，深呼吸／深深呼吸；深深把潔白的／雪／留住，留到春天／／山邊那腳下人家養的雞／第一聲啼了！接著，就有連續的／好幾聲；不同一隻，真正是／天亮了，有雞／所有的公雞，都一起宣佈／天，真正的天亮了／／……夜夜，千山萬樹／千千萬萬，每一片葉子／為我們吹奏／千年不朽的戀歌／／海，睡了嗎／我，沒睡／夜裡，我問／海睡了沒？／我想，她應該睡了／她說她沒睡，只平躺著／不用睡著的

林煥彰作為一個詩長者，畢竟積蓄了許多哲學性的思索，它們沉澱到詩裡，就有詩鑽石的成色：

我們需要光，只有

光，才能還給大家

所有本來的顏色……

　　病毒，擋不住林煥彰詩的腳步。在今天不免有些沉暗、晦陰的世界裡，林煥彰的詩給我們帶來了光——隨著林煥彰詩的腳步，我們去看看山，看看海，看看樹，看看花，她們感染給我們的，依舊只有多樣的美！

推薦序
用詩與畫寫日記

蘆　朵（詩人、元智大學教授）

　　煥彰老師以童詩站在台灣的詩壇上，是台灣童詩的老前輩。退休後，這幾年仍然每日一詩，以詩記錄他的心情與生活，偶而在詩人的場合中見到煥彰老師，常常看到他拿一隻黑色簽字筆，一面塗塗抹抹，畫貓畫動物，畫他心中的動物，他眼中看到的世界。一張卡片，一首詩，一枝筆，一頭白髮，或寫寫字，或畫畫，編織成他的圖像，他的生命。

　　2022年是虎年，疫情還在持續，地球上的人們仍在努力對抗病毒，在這樣的年代裡，詩人出版了他的《虎虎・虎年・有福——林煥彰詩畫集》，從貓、獅子、老虎的框架中，跳到了生肖的動物們，著實令人覺得老師的心境上，不拘一格的思想，像貓，跳躍著它的跳躍，寫著他的詩，畫著他的畫。

　　他寫著：「我的貓，很愛玩文字」，其實，愛貓的詩人也愛玩文字，玩文字的是貓也是詩人的化身。貓與詩寫的是愛與永恆，在詩人的心中，詩與畫是永恆的美，純淨無私的愛，寫童詩的詩人，出發點是以兒童的視角看世界，以童言童語的簡單語彙書寫世界，語言中存著兒童的天真與內心的純潔善良。在〈誰能在天空寫詩〉中，寫著：「雲，可在天空寫詩／雨，可在天空寫詩／霧，

可在天空寫詩／鳥，可在天空寫詩／飛機，可以在天空寫詩」；天空的廣闊無邊，給予詩人無限想像的舞台，誰可以寫詩？所有人都可以。這樣的語言，無不在喚醒讀者對於世界的想像與探索的勇氣。

在這本詩畫集中，詩人也對於自己的生命與歲月的流逝有著許多感觸，例如〈老人哲學〉：「老人，無聊的我的日子／要倒過來數；從80開始，／我一下變成08，再過一年／我就是18，又過一年／就是28，今年當然是／38；很合理的數學，／一年加十歲，再加一直加到88」。生命是延續與傳承，詩人在88歲時，回首過去的歲月，突發奇想，若是人生可以顛倒來看呢？從80歲回到8歲，在每年加上10歲，重新來過，生命又是怎樣的樣貌呢？

在2021年，新冠病毒擾亂了人們的生活，〈我要告訴你〉、〈活著，需要呼吸〉、〈晨起。百葉窗外〉、〈死後，第一件事──致打疫苗猝死的長者〉、〈山也怕確診──十一訪山友〉等社會詩，關注著生活周遭，把疫情所造成的不便、死亡、遺憾等寫在詩中，也許過了幾年之後，疫情與人類共存時，這些詩就成為歷史的紀錄，記錄著這段時間人們的心情起伏。

詩是內心的表達，畫也是，從文字到圖像，詩人用不同的媒材書寫心情。每一年一個生肖，每個生肖代表著歲月的來去匆匆，每個生肖的背後，彷如詩人念著的歲月，日日月月走過的年少、青壯、中年、老年，都在生肖的接續中，循環著詩人每一回的十二個年頭，也帶來心靈的成長與精神的提昇。老而有智慧的生命，也在歲月的流逝中緩緩形成。

　　這本詩畫集，是詩人的生命過程，不是第一也不是最後，相信持續不斷寫詩的詩人，煥彰老師，將每天用他的詩與畫填充他的生活，留給大眾詩畫結合的想像空間。

CONTENTS

附錄卷　懷念，永遠的青鳥

卷首詩

〈福至心冷頁〉
——虎年給我故鄉 礁溪桂竹林

知福惜福
虎到福到，虎虎生豐
福氣旺旺，做什麼
都會成功

虎年惜福，宜蘭礁溪
是福地；
福地，福地
天賜福地，福地

福人居……

（2022.01.21/10:31
研究苑）

林煥彰
Lin

我們的，你的我的

貓，很愛玩文字；你的我的，我們的……

我們的，你的我的

天冷天寒，暫時不管
有你有我，有我們
這世界是幸福的；

我的貓，很愛玩文字；
你的我的，我的你的
都是，我們的
都很有道理：你加我
我加你，就是我們的。

要玩文字。我的貓說，
沒問題，說得有趣
講得有理，我都會聽你的

這不是很久很久以前，
就在當下
就在眼前，眼前
你得勇於承擔，你的我的
我們的，有哪樣不是

天，藍藍，藍藍的

我們在

高高山上，不在

珠穆朗瑪峰，已在

玉山之巔，高高的

我們已經摸到了

藍藍的天，白白的雪

心，暖暖的

愛，無私，純潔靜穆

淨化心靈；

大愛，真愛；永恆……

（2021.01.02／14:40研究苑）

落葉的哲學

不是我喜歡落下來，
到處飄泊；秋天，
有秋天的，秋風秋雨
冬天，有冬天的
冬冷冬寒
春天有春天的，春花春夢
季節有季節的
情緒，不會亂來……

喜怒哀樂，有自己的節奏
我看到他們，嘻嘻哈哈
落滿地，落葉有他們自己的
哲學；年輕時，我夢見
蘇格拉底，夢中遇到
柏拉圖、查拉圖斯特拉……

如果沒有掉進
哲學的深淵，如果不是
泰戈爾拉我一把，如果不是
楊喚的詩的噴泉，如果
沒有如果，如果沒有以前

昨天種種，如果沒有今天
今天以及明天，明天的明天

落葉一直在思考，想太多了
它就不敢落下來
季節就不敢更迭，季節就
沒了季節，我就沒了
今天……

（2021.01.05／05:53研究苑）

雪，潔白，留住她

雪，潔白。我們
純潔；

玉山合歡山
太平山陽明山，都下雪
冰鎮的天空，晴藍的
天空

我們用力，深呼吸
深深呼吸；深深把潔白的
雪
留住，留到春天

年過後，我們一起去踏青⋯⋯

（2021.01.08／23:20研究苑）

死亡練習

睡眠，可以分段
一段兩段三段……

死亡，可以練習
生就未必；
生，只有一次

如果可以，生生死死
睡一次，死一次
醒來，又是重生；

生生死死，死死生生
死，我就這樣
開始練習

（2021.01.10／14:23公車823去汐止途中）

誰能在天空寫詩
──冬天的枝椏問

（借引淑貞的詩句。2021.1.12）

雲，可在天空寫詩

雨，可在天空寫詩

霧，可在天空寫詩

鳥，可在天空寫詩

飛機，可以在天空寫詩；

看不見的風，可以在天空寫詩

寫無字詩；

雷，可以在天空寫詩

寫有聲音會閃亮的詩

星星月亮太陽，也可以

在天空寫詩

在地上的我，當然也可以

在天空寫詩

寫我心中無聲的詩……

（2021.01.12／09:47研究苑）

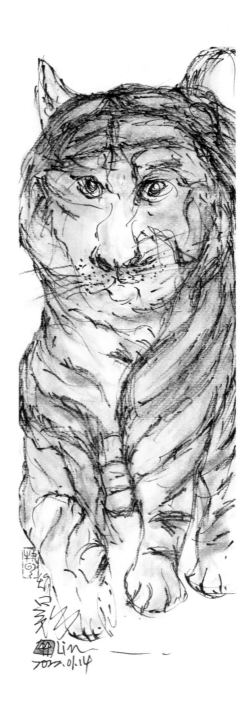

老人哲學

老人，無聊的我的日子

要倒過來數；從80開始，

我一下變成08，再過一年

我就是18，又過一年

就是28，今年當然是

38；很合理的數學，

一年加十歲，再加一直加到

88

之後，歲月必須重新來過

日子再壞也要過；

89、90之後，可以不用數

再數就更多更多了

老人哲學；真正的無聊的開始……

（2021.01.20／07:52研究苑）

這冬天，冷

這冬天，南方
冷，北方更冷

喝掉一瓶58，還在冷
冬天，還沒過完
還要繼續，這個冬天
新冠病毒還在
繼續漫延，還有變種；
不變的是，人類愚蠢傲慢，自私貪婪
有大陰謀……

所以，所有的病毒
永遠會存在！

（2021.01.20／10:27研究苑）

情緒的路口

要哭要笑，紅燈綠燈
要笑要鬧，是關鍵；

情緒，要控管
自己管不了，別人管
人人都要，看它的眼色；

情緒，有善有惡
喜怒哀樂，人性也
善惡，誰說了算？
我，剛剛好好，此刻
又到了一個路口；

請注意
紅燈綠燈，請看看我
不黃不白，一個
情緒的十字路口……

（2021.02.02／08:35／高鐵615班次・在南下7車5A）

你我不在同一顆心上

早安祝福

迎接快樂的每一天

你，住日球

我，住月球

你我，不在同一顆心上

你，日日望我

我，夜夜想你

日月總會，分開

日夜總是，想念

我們永遠，不在同一顆心上……

（2021.02.05.／07:25研究苑）

你我在同一顆星球上

晚安祝福

迎接如夢的每一個夜晚

你我，在同一顆星球上

你看不到我，我夜夜想你……

夜夜，千山萬樹

千千萬萬，每一片葉子

為我們吹奏

千年不朽的戀歌；

你，看不到我

你可聽到

我的心跳，夜夜呼喚

不眠的歌，唱出

宇宙，每一顆大大小小的

星星……

（2021.02.05／07:59研究苑）

瓶之存在

空的，瓶之存在的思考

裝著我的雜念，

無關是非；有一種自在

自由，有不想之想

昨天今天，明日昨日

瓶之存在，空的它的思考

從古至今

沒想過的，都有可能

不存在的一種存在，

可能，有它在瓶中

自在自由；由是而不是

不自由的，受到無的限制……

（2021.03.27／09:39研究苑）

死亡，已經忘記
——為清明前夕，台鐵不幸事故悲慟萬分

死亡，究竟怎麼一回事

祂一來，全都亂了

死亡，已經都忘了

祂為何而來？

祂一來，就真正的全都忘了嗎？

可憐的同胞，習慣靜默

五十個無辜的亡魂，

他們理應都要睜大眼睛，大大

吼叫，要喚醒我們

還活著的良知，要為他們發出

悲憫和控訴……

死亡，吶喊要大大聲

吶喊；我們應該張開

大大的嘴巴，發出震裂心肺的聲音

控訴那些，吃香喝辣的

還不夠，還要炸碎我們身心

生吃我們的血肉；活生生，熱騰騰

趕在清明前夕，我們一定要

年年都記住，這一天

世世代代都要

牢牢記住；我們會用我們的

鮮血和鮮肉，牢牢守住清水隧道

讓每個要返鄉的遊子，都能

平平安安，回到溫馨的家……

（2021.04.05／10:37研究苑）

上天都看到了
——追悼四月二日太魯閣號意外事故的
##　　亡靈

上天都看到了，夜裡

多少星星，不睡覺

她們睡不著；可憐的

福爾摩沙，一次車禍

太魯閣號，意外事故

傷亡逾百！

亡者手腳，四散在哪？

如何尋找，為他們一一接回

他們的臉，壓扁碎裂

如何為他們修護？

屍體修護師的眼睛，不停淌血

心中流淚；心裡糾結，

如何向亡靈交代？

天啊！亡者

父母家屬，他要如何

向他們交代……

白天，下雨不停

上天流淚，滴滴血淚……

夜裡，星星

星星都不敢睡覺，她們

每顆眼睛，都在流淚……

（2021.04.11／09:50研究苑）

讀一座孤獨

剛走完一座山，與孤獨同行

孤獨本就在那裡，整座山

都是，我算是擅自闖入

違法；我只能說

我也有孤獨，我帶著孤獨來陪他

算不算

也是一種好心好意，或根本就是多餘

我的孤獨，加上他的孤獨

孤獨就真的

有重量……

（2021.05.30／12:36研究苑）

我要告訴你

新冠疫情，三級管制
我要告訴你什麼？
我該告訴你什麼？

新冠患者猝死，需要
當天火化；
從醫院病房到太平間，
從停屍間到火葬場，推進
火化爐中
至親家屬子女，最多只能
五人送行……

上帝，看到了嗎
眾神，看到了嗎
躺在棺槨裡的往生者，
他她，獨自冰冷躺在
棺槨裡，他們會恐懼害怕嗎？

此生來去，來生此去
若真有來生，你會
想些什麼，做些什麼選擇？

他她，他們是犯了什麼天條

他她，他們是否應有如此奇大冤枉

恥辱？他她，他們還能有機會

為自己的最後說點什麼？

他她，他們能否有機會再向

至親家人好友說聲

來生，再見！

眾神能否為他她，他們做主嗎？

我要告訴你什麼？

我該告訴你什麼？

什麼都不必說，不用說

說了，也都白說⋯⋯

（2021.06.10／18:38研究苑）

活著，需要呼吸

新冠病毒，加變種
就要你加速快快猝死！

活著，呼吸很重要
活著，就要呼吸
陰性陽性，都要
深深呼吸……

這世紀，到處都在亂搞
政治，亂搞！
病毒，亂搞！
科技，亂搞！

人類自己，本身就愛亂搞！
你搞我，亂搞
我搞你，亂搞
不會搞的人，就大大吃虧！
暗虧明虧，都吃虧！

現在，是時候了

最高明最可惡的

新冠病毒，又加變種

說它隱形，看不見

是最大的敵人！

其實，真正的敵人，是人

所有病毒，都是人造的

人傳人，真正耐人尋味的

所謂陰性和陽性

奉勸大家，最好顧好自己

活著，最重要

活著，就要呼吸

深呼吸，深深確認自己

每天醒來，真的還活著

還在呼吸……

（2021.06.13／08:21研究苑）

卷二

你知道，我是誰

知道或不知道，都無所謂，反正我隨時都在變

你知道我是誰

你知道，我是誰？

知道或不知道，都無所謂

反正我在天上，我隨時都在變

每一秒，不

每一眨眼，我都在變……

我喜歡變，變成各式各樣的

動物，我也喜歡變成

人，變成偉人；

現在，我是詩人

泰戈爾佛洛斯特艾略特

李白杜甫王維

我是但丁莎士比亞

我是哲學家，柏拉圖

蘇格拉底亞里斯多德，

莊子老子；我是教育家，孔子

我是宗教家，穆罕默德耶穌基督

釋迦牟尼阿彌陀佛

我是科學家，愛因斯坦

牛頓伽利略達爾文達文西

我是畫家，畢加索夏卡爾梵谷

我是音樂家，莫扎特舒伯特巴哈……

不！不！不！我是天上的遊民

乞丐，我是瘋子，我是什麼什麼

都不是，我只是一個

愛哭，愛鬧，愛耍賴

愛變魔術的，一片雲……

（2021.06.26／11:38研究苑）

晨起。百葉窗外

窗外，一早早起的陽光，被我割傷；

沉痛的疫情，不斷升級
變種；假陰假陽，太陽底下
所有事物都可以變種，
沒什麼不可以
包括政客，牠們扭曲的嘴臉
一日數變，甚或數十變；
比新冠病毒變得更快，更惡毒！

你，你，你懂嗎
我說牠們，不說他們
牠們在說什麼？
我，我永遠搞不懂
我，還是乖乖戴上口罩
一層不夠，再加一層
乖乖，自己把自己關在
半半樓裡……

（2021.06.28／08:14研究苑）

附註：前晚回到山城九份基山街，自己的小屋半半樓；一條昔
日繁華的小街老街，我七分鐘走完；家家關門閉戶，商
家淒慘！深夜裡，我獨自又故意往返走了兩趟，心情萬
分沉重，一夜未眠……

死後，第一件事
——致打疫苗猝死的長者

醒來，是日常也不平常

新冠已夠惡毒，變種更加

陰險；防，不勝防

人類做了太多喪盡天良的

虧心事，

地球，何止千瘡百孔

孔孔無孔不入，忍無可忍

都該一一好好教訓

當政者，為非做歹

心懷不軌，都想從中得利？

當死神知道了，正好

我們就一起同歸吧！

同島一命，一命又一命

施打疫苗，一個一個又一個

猝死！是老人活該，

佔地球太久；老人體胖，太多超重

就該由他們先來減輕

地球的負荷，讓那些當政者

可以繼續，吃香喝辣，嘻嘻哈哈

這是寶島呀，沒錯

當今猝死冤死，死後的

第一件事，天大的

要做的事，為地球減輕重量……

　　（2021.06.30／07:45辛丑牛年六月最後一天・研究苑）

天，真正的亮了
──回到半半樓的第一天

天，怎麼亮的；我看著它亮，

島嶼海和它的波浪，都還睡著
醒著的，依然醒著
應該說不曾睡過，哪來醒著

醒來的，他聽到了有一點兒遠
又不算太遠，山邊那腳下人家養的雞
第一聲啼了！接著，就有連續的
好幾聲；不同一隻，真正是
天亮了，有雞
所有的公雞，都一起宣佈

天，真正的天亮了……

（2021.07.02／05:10九份・半半樓）

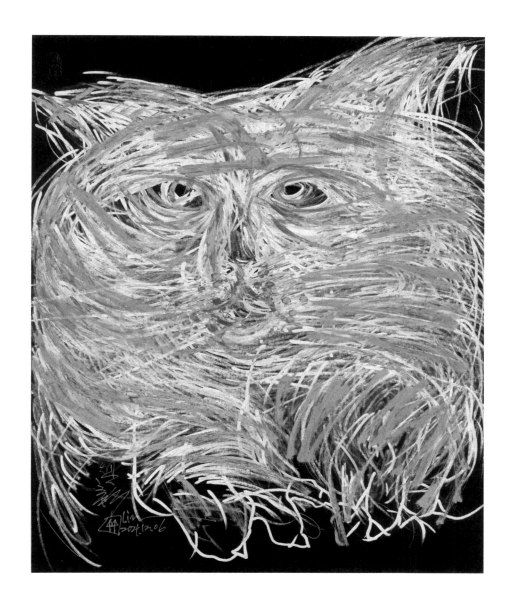

不同時間的海

不是我住在海邊，是我可以看到
海，她就站在我眼前
看著我，或許是她習慣平躺著
什麼都不穿
讓我看她；不同時間，
不同的美，只要看看
看看就好；有一種藍，
藍藍，藍藍的

她，輕盈翻滾柔軟的浪花
那不就是存心故意，要你醉倒
在她翻滾的裙下，不必大風大浪
整個翻轉過來
要你好看，要你看好──
真的，真的，你要小心
安全第一

真的，不同時間不同的美
白天晚上雨天晴天，有霧迷濛
茫茫有霧，迷濛；今天明天
明天今天，天天不同

時時不同，分秒不同

人人不同，永遠不同……

（2021.07.02／15:49基隆客運回台北途中）

早安。晚安
──五訪山友

早安。晚安
請不要跳過
午安。

夏日，日正當中
太陽特大；我知道
太陽很毒辣，我照樣布鞋
汗衫，短褲
戴上漁夫帽，上山訪友
我向山裡的朋友，道午安

山路上，兩邊都有茂密的樹林
樹樹，都善用他們的影子
幫我遮陽，再毒辣我都不用害怕

夏日，山裡的五色鳥
不只愛做早課，午課
也不偷懶，他們沿路為我
敲鑼打鼓，打氣、鼓掌又叫好

這趟訪友，我最想看的老友

最多就是樹影和蝴蝶，婆娑起舞

對我，每一次都是熱烈歡迎……

（2021.07.03／13:03汐止水源路山區路上）

漫步，桂花道
——六訪山友

在舊莊的山路上，我曾路過
桂花平台，讀了三首詩
唐朝王維〈鳥鳴澗〉，
宋朝楊萬里〈詠桂〉，
民國心齋〈桂花香〉，
美美的，都與茶和桂花有關；

再往上，走一小段
上坡轉彎，到了示範茶廠
我不懂喝茶，習慣自備開水
不喝茶，可聞聞茶香
迷人的桂花，醒腦清香……

再往上走走，也還可往下走
走入桂花步道，步道兩旁
桂花樹都高過我頭上，當然
桂花都清香多清甜……

今天，我訪山友
桂花眾姊妹，金桂銀桂，

四季桂；她們都美美

在我心中，永遠一十八

十分袖珍，嬌小；

好友，自然我要常常來

看看她們，她們知道我會來

會選在午後，桂花特別芳香

整座茶山的空氣，都屬於她們

桂花特有，你得牢牢記住

深深呼吸，親近她們；

幸福，甜甜馨香……

（2021.07.04／12:55在桂花步道入口涼亭）

小粗坑峰頂
──七訪山友

正午，我微登山
在小粗坑峰頂遠望，看海
要什麼有什麼；

看雲，雲都在天上；
今天的雲，不用飄
飛的比飄的快

天上的雲，不管是鳥
是兔子，連烏龜沒有翅膀
牠們都能飛……

微登山，我選擇
頌德公園步道，我的新路線
沒特定要拜訪誰；

山上老友很多，我也不知道
沿途會碰到誰，我喜歡
自由自在！

今天，果然我有外遇

意外碰到我童年的老友；

牠是尺蠖，我愛叫牠

測量高手

我還碰到毛毛蟲，牠們都忙

忙著要快快長大；我連續為牠們

拍了幾張快照，太久了

沒看到牠們，十分意外

我知道，牠們住在這裡

以後，我就可以常常來……

（2021.07.06／15:15在九份半半樓起草）

石頭的臉
——八訪山友

昨晚，我就想好
今晨，我要走琉瑯路步道
新路線；石頭老樹，都算老友
我沒特別設定要找誰，
走走看看，都屬於漫步

石頭的臉，老樹的根
他們比較嚴肅，我照樣
一一和他們打招呼；
早安，一定要的

他們不講話，我也不打擾他們
蟬，還在密林中誦讀早課
松鼠，還在樹與樹間做早操，
我自己也在做，散心漫步……

今天的行程，我設定
半半樓到流籠頭，輕輕鬆鬆
不作偽登山；踏踏實實，
能走多少就多少……

蟬的早課，沿路照樣

唧唧唧，唧唧唧

來日方長，不過是

一個夏季，每天都要

唧唧唧

嘰嘰嘰

鋸鋸鋸

祭祭祭

聚一聚，就這樣

很開心……

（2021.07.10／09:13九份琉籠頭步道口）

微解封。偽解封

從礁溪到九份
從我老家到半半樓
我在做微旅行，假度假

車到福隆；我的海，
在右邊
想不想她，
我一直都還在想她

車過雙溪；下一站到瑞芳
我得下車，再轉九份
去我半半的小樓……

（2021.07.11／15:11自強號／7-22）

人生。假假
——嚴峻防疫時期

現實。人生

人生。現實

假假，人生

人生，假假

一堆騙子

一堆瘋子

一堆傻瓜

能騙就騙

能瘋就瘋

能傻就傻

人生。現實

現實。人生

真真，假假

假假，真真

現實。人生

人生。現實

世界，太亂！

世界，太平！

（2021.07.12／02:48九份・半半樓）

繞著頌德山走
──九訪山友

往下走，我仍然沒有離開山區
今天的行程，全新的
由頌德社區出發，走到基隆山下，
仰望著仰臥的大肚美人
尖挺的乳峰，從她腳趾頭邊
我走入山谷，沿瑞濱二路

我還沒接近海濱，迴轉
走上汽車路，我才知道
我已經繞過了一座
頌德山；我不知道
我還有這麼好的腳力，可以輕鬆走

走訪山友，童年老友
牽牛花白頭翁五色鳥
沿路歡迎我，不忘和我
打招呼；

夏日，這季節
山路，處處有樹蔭

訪山裡的老友，我不怕

香汗如雨……

（2021.07.12／10:10九份・半半樓）

山也怕確診
──十一訪山友

一個人，一個命
自己好好照顧自己；
封山，路為什麼
不也一起封？

昨天清晨，我在九份
要探訪二三十年
不在一起的
基隆山，她居然也怕
新冠疫情感染，拒絕我登上
她豐滿仰臥的
胸膛；我還一直懷念著
她的鼻尖，我想再次在藍天之下
親親它

二三十年不見了，我還能再熬
二三十年嗎？我已經八十好幾
老友還能常常來嗎？
我還能氣不喘腿不軟，登上

妳一直仰著的臉龐，看著藍天

挺挺高貴的鼻尖，和妳大聲說

哈囉，親愛的

基隆山，

我又來了⋯⋯

（2021.07.15／07:11研究苑）

附註：基隆山，位於水湳洞、金瓜石、九份之間，是東北角一
　　　帶著名地景；在金瓜石地區看她，像極了：仰臥的大肚
　　　美人⋯⋯

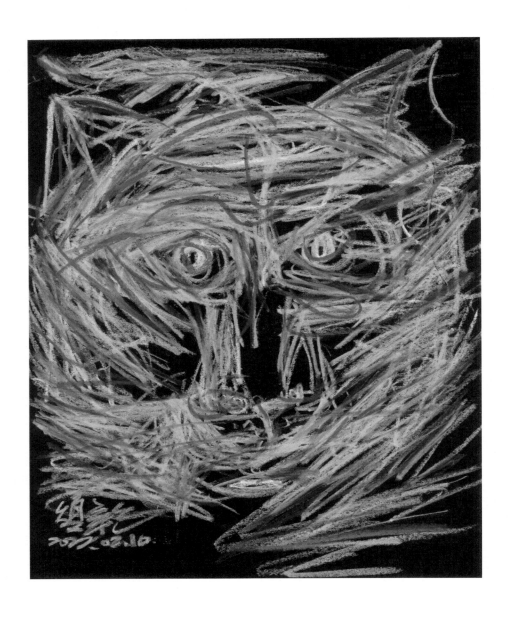

海，睡著了嗎

海，睡了嗎
我，沒睡
夜裡，我問
海睡了沒？
我想，她應該睡了
她說她沒睡，只平躺著
不用睡著的～～～

海，睡了嗎
她說她不用睡，她
永遠都不用睡；她
只平躺著
她，呼吸～～～
新鮮的空氣；

我也平躺著，學她
呼吸新鮮空氣，永遠都
不要睡著……

（2021.07.20／14:56
捷運板南西門轉中正紀念堂要去《文訊》）

鴿子群聚

鴿子，不戴口罩

牠們，自由的

在自由廣場前

群聚，更自由

沒人會去管牠們

牠們是自由的，這裡

空氣，也是自由的

我路過自由廣場，我還是需要

戴好口罩；不是我怕死，

是我不自由……

（2021.07.20／15:24路過台北自由廣場前）

2022.01.27

讀岩石的臉
──十三訪山友

老友，別來無恙
每日走訪一位山友，已是
我的日常，也算是
例行功課

走走看看，走在山路上
今天，我要拜訪的山友是誰？
我常常臨時在半路上才決定；
朋友，在不在
拜訪未遇，是常有的事
我不會在意……

有時，因為太久不見了
見了，他是誰
我總是要
自己先愣一下下：
噢！他是原住民呀
老朋友！

讀岩石的臉，太久不見了
他的臉上多了好多好多
青斑黑斑，又加鐵鏽
灰黑斑和皺紋⋯⋯

我們都還在
頌德山的懷裡，我蹲下來
我用我的仰度，讀它
讀老友的臉，別來無恙
我向他致意，他也默默
祝福我，別來無恙⋯⋯

（2021.07.25／07:29研究苑）

卷三

請坐，椅子空著

椅子，自己坐著，不一定要等誰……

請坐，椅子空著

我喜歡看著椅子
自己坐著，不一定要等誰
誰都不是很重要，最重要的
要有緣份；

他或她，坐在我身上
他或她和我
最親近的，我都不好說
也不必說，大家都會知道

我想，你也不會太樂意
如果不是很親密的朋友，最好
不要不要
可我卻不能隨便說說……

真的，作為椅子
我也不好拒絕人家，
空著，就空著吧

請坐，請坐
椅子空著……

（2021.07.26／09:41水湳洞遊客活動中心候車亭）

寂靜，沒有聲音
──凌晨三點半

寂靜，無聲；我醒著

沒有聲音，不是什麼聲音都沒有

沒有聲音的聲音，不一定

都要聽得見，

聽不見的聲音，還是存在的

它是我自己內在的感覺

心裡的聲音，永遠存在；

時時都在，呼喚我

我時時醒著，和

天地日月

宇宙，亙古

同時運行……

（2021.08.06／04:39九份半半樓）

金桂銀桂，我要

夏日很長，七里香
已香過七里

金桂銀桂，請妳們早早做好
開花的準備；我知道
夏天很熱很熱，我已經
好幾個晚上，沒睡
這不能責怪妳們，我知道
妳們也要聽聽
季節管理員的規定，還有什麼
我沒想到的，我不能太任性
總要耐心的等

等，等等等
等，就有代價，等就能
熬出好料來；真的，
七里的香

她們，在我窗下，早已
香過七里，妳們要是

再不開花，秋天來一下下
就會被沒收了

我要，我要
我真的要，要有妳們
桂花，秋天的香香……

（2021.08.14／09:07研究苑）

雨的思考
──你，選擇過了嗎

雨要下的時候，他們

有沒有自己的想法？他們

可以下在哪裡，

看看人家，看看其他的雨

會下在哪裡？他們，

有沒有選擇的權利

我，選擇過了嗎？

風，有沒有吹過我

我本來可以，下在一朵花的

唇上，結果

從一個老人家的頭頂上

快速滑到他的腳下，還被他

踩在一隻野狗剛剛大便的

一坨冒煙的野屎上……

（2021.08.21／20:01研究苑）

海的極機密

海，喜歡微笑
整天都在微笑；在深海透明中
她有什麼開心的事，
那是她的祕密，波浪式

海的極機密，屬於夜裡夢裡
極機密的；也有可能是你的
我的極機密，她不會告訴你
你只能從她的波浪裡去猜想，
想像她身上，會有多少
魚蝦；很多很多魚和蝦
牠們整天都在她身上，
用最輕柔的唇，柔軟的吻
不停的親吻
她，不癢也會癢，癢癢的
不笑也要笑，微微的笑；
笑是美好的
微微的笑，最甜美……

海，整天都在微笑
波浪式的微笑；這是我想的，

她的祕密，沒人知道

只有我猜得到，這就是

海的極機密……

（2021.08.22／15:58宜蘭線區間車剛過八堵站）

想，想我們的海

想，想想

想我們的海，會有

極機密；她在遠方

不，她在半半樓窗前

不，她在半半樓昨夜

不，她在我們心上

不，她在海的波浪

不，她在海的波浪裡的搖晃

不停的搖晃，微微的

睡眠裡的搖晃，不，

是夢裡搖晃；那要有多遠呀！

說多遠，就該有多遠

說，再遠，也不過都在

我們心中……

（2021.08.24／09:13研究苑）

一朵生鏽的雲

十分笨重

生鏽的，一朵烏雲

不是普通的，該有上千噸；

它，擋在我窗口

沒有移動，駐留著

是吃太多了，吃太好了

需要減肥！我這麼想著，

它應該向我學習，

簡單就好，少吃一點，更好；

我，一天只吃兩餐

早午餐，清晨一次完成

中午就不必再麻煩

一天，吃兩餐

用不著眼巴巴等政府

紓困吧！自己解決，

沒工作，存糧不足，能過且過吧！

不知疫情何時才會

真正結束？誰能保證，

我們也沒有有力的大山

可以依靠，就靠自己

少吃挨餓，最實在……

這朵烏雲，它一直擋在我窗口

關注我？我靜靜

專注凝視它，它也不說一句話

讓我自己自顧自

安慰自己；算了吧

不算了又能怎樣？

我們都是，本來就是

平民百姓，自顧自就好

平平安安，就好！

健健康康，更好！

（2021.08.29／19:09九份半半樓）

活著，面山面海

面山，面海
我算活著；活著，呼吸
是日常，呼吸
是正常，呼吸是必要的

我練習呼吸，不再只是日常
新冠病毒，日復一日
我必須面對海，她用波浪
告訴我，呼吸要像她一樣
千年萬年以來，應該說
更久更久以前，從有地球開始
她就這樣呼吸，不要停止
活著，就是要這樣

沒有哪樣
沒有兩樣
就是，要單純的活著
波浪就是呼吸；我的
呼與吸，一定要
面山，面海

山海，見證

我的，呼吸……

（2021.09.05／12:15初稿九份・半半樓／09.07清晨・

研究苑）

夢，愛說夢
──給這個世界，給新冠疫情的這個
世代……

夢在醒來之前，將醒未醒

還是更早之前？

多早，你能確定嗎

要怎麼作夢，夢要怎麼做？常常，

有夢無夢的時候，我就在

作夢，我夢我自己，其實

自己怎麼樣，你在夢中

都無法確定，你所在的

夢中，很難說得準

你就是你，都是未必的，誰能確切

保證你是你的第幾世，第幾世的你

你能為你自己說些什麼，誰會聽你

誰說了算？真正的

你在哪裡，你看到了什麼

你想到了什麼，什麼什麼

是你的什麼，永遠是不明不白

明白的是

日月的白，不是你的白

白的也未必永遠都是

白的，它會被弄髒，這地球

早已髒兮兮，髒透了的這地球

你還得乖乖

住在上面，沒得選擇，你選了

你就得乖乖，怪怪的活著；活著，

不僅僅是活著，還得死去活來

活來再死去；不知第幾回

第幾個輪迴，每日一睡，一迴

每睡一夢，不只一夢

明明在夢中，你卻說不清楚，尤其

醒來的時候，

不醒來的時候，更說不清楚

誰管你，誰會管你那麼多

那都是你家的事，事事無關

事事不痛不癢，最好是

還是你，你做你自己的夢吧！

（2021.09.10／07:49研究苑）

黑，請還給我們

黑暗在黑暗裡，剛才

我沒看清楚，黑暗在

黑暗裡的來處，

光，在哪裡？

光，在黑暗裡

我還是沒看清楚，黑暗在黑暗裡

它會是什麼顏色，不會分辨

我的眼睛，也是黑的；

所有的顏色，在黑暗裡都是

我們需要光，只有

光，才能還給大家

所有本來的顏色⋯⋯

（2021.09.23／13:37研究苑）

我說石頭
——說我所不知道的

每顆石頭，都有

祂的生命

每顆石頭，都比我的生命

要長，要久

每顆石頭，都有

祂的故事；是我所不知道的，

我面對著

祂，我都要以虔敬的心

問我自己：我怎麼可以任意踩踏

祂，我怎能不敬畏

祂，敬愛祂如敬仰

所有人類所信奉的

神，虔敬的雙手合十；

我，什麼都不懂

我怎麼能夠天天踩踏

祂，平安走過我的每一天的路；

是祂，是祂默默奉獻犧牲

每走一步，我都以感恩的心

感念之情想著

祂，我理應躬敬謙卑，敬愛

祂，如敬愛大地

敬愛我們人類所有信仰的

神⋯⋯

（2021.10.31／07:33研究苑）

桂花，愛想些什麼

桂花，善於思考

她的姊妹，她們愛想些什麼

很安靜，她們不輕易說出來

你得好好靜靜傾聽

她們愛茶；更準確的說

茶愛她們，金桂銀桂芳香

她們喜歡，安安靜靜

祕密聚會，好好商量

我們應該怎樣，成為茶的最愛

這樣的祕密，極機密

絕對不可說出來；

你不說，我不說

秋天一到，就讓

真正愛茶的人，一個個主動走過來

品茗，聊天，談心；談些什麼？

你知道就好，我知道就好

一杯又一杯，一壺又一壺

金秋，桂花新釀

新烘輕焙的名茶……

（2021.11.13／08:06研究苑）

卷四

時間的波浪

屬於我的，時間都會有回來的機會……

時間的波浪

所有的，時間

每一分每一秒，時間的波浪

未必都是所有的；在時間的大海裡

這裡那裡，每一分每一秒

時間的波浪～～～

每一波，每一浪

屬於我的，都會有回來的機會；

我的時間，會回來

我在想

我在想，想我的昨天

想我的童年，我的老年

想我的過去

我現在好好的，我在呼吸

和時間呼吸；一起呼吸……

（2021.11.19／04:27研究苑）

一朵雲，從故鄉飄來
——給我家鄉蘭陽生我的桂竹林

我在黃金山城；

一朵雲，從故鄉的方向

飄過來，不知他可看過

我父我母的童年，或更早

我祖父母的老年？

我沒見過，我的祖父母

至於我的童年，肯定

他應該也沒見過，

我能要他，告訴我什麼

什麼，都不必有答案

我只是沒事問問自己，他是

從我故鄉蘭陽的方向，飄過來

更重要的是，從我哇哇落地的

桂竹林那個血點

飄上來；我想，我的故鄉

我想我的童年

我想我父親和母親

也想，我從未見過的

祖父祖母，還有更早以前

二百五十年前，遷台第一代的

祖先，他們會長什麼樣

像我一樣……

（2021.11.21／10:02九份半半樓）

2022.01.14

血點，永遠不會乾
——血點，我出生的地方；我活著，
##　　它就不會乾……

我哇哇落土，是媽媽

生我時；我的臍帶和媽媽連在一起

媽媽要給我，有自己獨立的生命

所以她忍痛，剪斷臍帶……

血，血從媽媽身上流出來

血，血，那血點鮮紅滴落的位置

是我出生之地，媽媽為我選擇

它就成為我的，永恆的標誌；

鮮紅的……

血，血是生命

人生最珍貴的紅寶石；

我的故鄉，有我的血點

在那裡，我要常常回去

看看我鮮紅的血點……

（2021.11.23／07:39研究苑）

雲是善變的

我說，雲是善變的。

這樣說，我是有問題的；

如果沒有風，我想它們是

很守規矩的；

有風，每一朵雲都有可能

真的，成為某一種動物

活躍在天上的大草原……

我，一向信任我的眼睛

它會幫我注意

用心觀察；我也信任

我的腦袋，它會幫我聯想

想像，思考

甚至於還會胡思亂想，

本來不是的，會想成是；

本來才有點兒像的，它會把它

想得更像，甚至於它說了算；

想得奇想得妙，我都會完全聽它。

所以，因為所以

反正我是不花錢的，我就憑空

寫了好多的詩；

詩，不詩，是我說的；

所以，我就常常被退稿

沒關係，我自己知道

剛才的某一朵雲，它已經

不再是原來的雲，它真的

已變成了一匹馬

在天空的大草原奔馳⋯⋯

寫詩，我忠於我自己

我不必在乎

我的詩，有沒有機會發表

我只在乎，我寫的詩

小朋友看了，會不會開心

大朋友讀了，會不會變得更聰明⋯⋯

詩，我寫我心

我對我自己說

我的人生，要過得有意義

我對我自己負責，要有交代

我活著；我寫詩

我不討好人家⋯⋯

（2021.12.03／21:44九份半半樓）

我的島，我看到的
──給我家鄉蘭陽的龜山島

我看到的，我的島

我，哇哇落地時

第一眼，睜開來

媽媽就告訴我，我是屬於

蘭陽的，龜山島前的子民；

我會爬，我會玩的時候

我，每天都會自己在曬穀場上

捏著泥巴

張望著，傻傻的笑著

把龜山島捧在手心；把玩著

呢呢喃喃，對祂說⋯⋯

我不知道，我那時

喃喃自語，說了些什麼

我，太小了嘛

也不過才剛剛學會

站起來，我就想邁出

搖搖晃晃的小腳丫，搖搖晃晃

走向祂；走向遠方，遠在眼中

近在心上的島……

多少年了，我在流浪

我在他鄉；我還在流浪

祂，也還在一直在

在我眼中，在我心上

呼喚我的童年；

我的島，我看到的

祂，祂永遠都在我心上……

（2021.12.20／08:07九份半半樓）

五峰旗，插上無形的旗
——給我家鄉蘭陽礁溪的五峰旗

五峰有旗，無形的
童年時
我，偷偷插上……

無形的旗，在五峰旗瀑布之上
飄揚；瀑布的水，水花
從雪山山脈，汩汩流出
屬於雪山的水，我知道
甘甜，永遠純淨清涼

小時候，我是牧童
必須割草餵牛，常常上山
在五峰旗背後的山頂上，
山豬窟的草原，割幼嫩的芒草；

我常常想，常常抬頭
仰望，五峰旗的頂峰
偷偷在自己心上，插上
三角無形的彩旗

我常常想，常常告訴自己

希望有一天，也能登上

祂的峰頂；瞭望自己生長的

家鄉，看看自己有一天也能站成

和祂一樣，不再流浪……

（2021.12.21／13:49九份半半樓）

雪有雪的白

雪，有雪的白

潔白

不要弄髒她；

雪，有雪的冷

鬆鬆的冷，

不要緊捏住她；

雪，有雪的好

紛紛，飛飛

不要嫌她；

雪花，真的喜愛

紛紛飛飛；

南方出生的我，濕濕漉漉的

我想她；

雪啊，雪啊！

我可以想妳嗎？妳會是

我心上的愛人嗎？

（2021.12.26／17:05研究苑）

錯，或不錯

錯或不錯，都不是我的錯

寫詩，不是我的錯
不寫詩，也不會是我的錯；

寫詩，不能發表
不是我的錯
發表了，也不會是我的錯；

我努力，做我該做的
一個好人，什麼都不要搞錯

錯或不錯，我努力活著
就是錯；
我活著，不寫詩是錯中錯……

（2021.12.27／19:09九份半半樓）

月光，想妳的時候

妳有妳的月光

我有我的月光

我們都在同一個地球上

也在同一個月球下

想妳的時候，我習慣

常常抬頭

看看月亮，也低頭看看地球

多久不見了，真正的

久違了！

一日三秋，一年三百六十五天；

啊，啊！好久好久，

會是第幾個春秋？

長長的夜呀！漫漫長長的日！

一日，很長

一生，好短……

（2021.12.28／09:32九份半半樓）

血，是一條河

血，是一條河
長江黃河，源遠流長
都是中國……

血，是一條河
我是一滴水，一滴淚
或已凝結成一顆
小石子，擱在一個淺灘的河口……

滾滾源頭，啊
是一滴水，一滴淚
長長長江黃河，我知道
幾千年的血脈
從洛陽，從中原，源源流下
從不乾涸；作為一顆
小小的石子，我會安分
安分守己，守住我出生之地
那是一個鮮紅的血點，我的血點
母親的血點；我想我會，
我應該用心呵護，加入

長江黃河

源源，源源，長長

遠遠流長……

（2021.12.31／08:29九份半半樓）

人生，亦哭亦笑
——2021最後一天的一首詩

亦哭，亦笑
也哭也笑；
哭哭笑笑，就好……

人生，兩個字
怎麼寫就那樣的寫；
哭哭，笑笑
就過了一生……

人生，不要太複雜
不要太勉強
不要太悲觀
不要太戀棧……

該來時，哇哇落地
該走時，嘻嘻哈哈

想想，我做了些什麼
想想，我什麼不該做
想想，我有什麼沒做

我已經不用做了，真好！

哭哭笑笑，就好
哭哭笑笑，真好……

（2021.12.31／09:50九份半半樓）

活著，可以呼吸
──2021年最後一天的第二首詩

活著，可以呼吸

就是最好的；我呼吸⋯⋯

活著，可以寫詩

就是最好的；我寫詩⋯⋯

活著，可以哭

就是最好的；我會哭⋯⋯

活著，可以笑

就是最好的；

我會笑，我會嘻嘻哈哈

和朋友一起

嘻嘻哈哈⋯⋯

（2021.12.31／11:15九份半半樓）

懷念，永遠的青鳥

青鳥，她是／永遠留在我們心中……

永遠的青鳥
——我拱手作揖，謹向詩人　蓉子大姊
致敬送行

青鳥，有一對會飛的翅膀

她，可以直飛

幸福的天堂；

幸福，微笑的

青鳥，她是甜美的詩人

她為純真可愛的兒童，留下了

大愛，為幸福的孩子們

蓋了一座

永恆的《童話城》；

美麗幸福的

青鳥，她是

永遠留在我們心中

一面鏡子，優雅

微笑的臉龐，呵護著

她心愛的詩，九九的

優雅微笑；

青春美麗的鳥

凡間的歲月，是短暫的

久久，久久的永恆

天堂有她一對

會飛的翅膀，久久的

久久的，我們會在

她年輕時留下的

那面鏡子中，看到她

永遠年輕

貌美，優雅

幸福的青鳥……

（2021.01.10／07:05研究苑）

附註：
1.藍星詩社第一代女詩人蓉子（1922—），2021.01.09逝世；享年九十九。
2.〈青鳥〉，蓉子代表作之一。
3.《童話城》蓉子唯一的一本童話詩集。
4.「鏡子」借喻蓉子名詩〈我的粧鏡是一隻弓背的貓〉。
5.在台灣現代詩壇，蓉子給人的印象，永遠都是微笑甜美的……

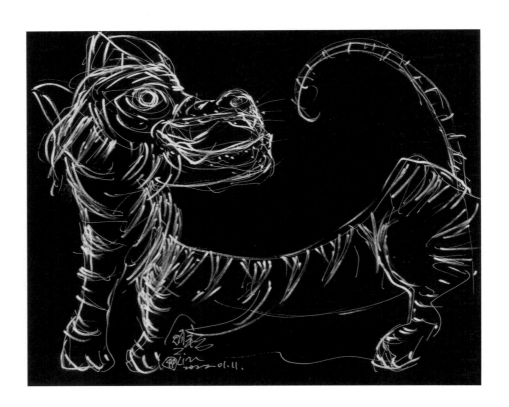

一片雲
──敬致泰華詩人　嶺南人

詩是詩人，永恆的志業

您是詩人，儘管

您現在扔下

肩上的擔子，您心中還是

永遠不會放下；

詩，是詩人

永恆的志業；我在重讀

您去年寫的，一只海螺

仍然是，全新嘹亮的

吹奏著

督促同伴，啟程的號角

沒人敢有所怠慢，今年

我們還是

一起，會跟隨您

磨出全新的小詩，行行都是

血滴子……

滴滴都是，可以回應您

真美善的和音，寫下

立足世界詩壇的壯志；

您，悄悄的走了

是一片雲；當然，

是瀟灑的

您沒預先驚動任何人，朋友們

自然，我也是

最後一個才知道；

您要去的地方，自然

也是一個，神祕的國度

我們不會預先知道，我

可以確定，您去的地方

肯定就是

詩人永久居住的家；

您瀟灑，您仍然會

繼續寫詩，

詩，本來就是

您永恆的志業……

（2021.02.08／19:23研究苑）

雲遊詩人走遍天下
—— 為尊敬的詩人　徐世澤院長送行

尊敬的詩人前輩

世澤先生，您是

熱愛地球的

您用左手寫古典詩

用右手寫現代詩

正如您

用左右手

擁抱整個地球

早已花開並蒂

詩果豐碩纍纍

當然，人人都知道

您用儒醫的雙腳，健行

走天下

走過六十多個國家，

百多個城市和景點

又寫下詩歌上千篇……

從寶島福爾摩沙出發

走過印加古國

秘魯馬克皮克楚廢墟

從南太平洋的神仙島

走上零汙染的新西蘭

從布達佩斯與巴拉頓湖走過

從日不落帝國穿越倫敦霧城

從五千年前的馬雅

兩度遊覽穿越混血的墨西哥

從愛琴海畔的明珠觀看小漁村

變為君士坦丁堡

以及從愛琴海純淨的海水

透視，看出一大片藍寶石

從印度泰姬瑪哈廣場，神遊

湛藍的天空……

您擁抱地球的真愛

誠摯的寫著

上千首，愛的詩篇

句句推敲

字字璣珠

日日推敲

孜孜不倦

推敲復推敲

為我們晚輩，在乾坤立下

永恆的典範……

（2021.03.13／23:54研究苑）

附註：
1.《擁抱地球－－六十四國名景掃描》係詩人旅遊巨著，近二十萬字；此詩第三段引錄多國名城古蹟，悉出先生遊記所走過的地方。
2.《思邈詩草》係先生古典詩集，以旅遊詩作為主。
3.《花開並蒂》詩集，係先生以古典詩和現代詩創作的同題詩集。
4.他任《乾坤詩刊》副社長近二十年，推動詩教，資助甚多。

馬華文學史料的一座高山
——謹向馬華文學史專家　李錦宗致敬

山，要多高
才叫
山；我們沒有機會看到，
它是一坏土一坏土，一寸一寸
堆疊起來……

河，要有多少的
水
一滴一滴，匯合
才能成為一條長河；
我們也都無法看到，整個過程……

馬華文學的史料，我們都知道
有前人百來年，每位作家
辛勤揮汗耕耘，
一點一滴，一字一句
一篇一篇，堆疊累積；

史料工作者，他比寫作人
可能更艱辛，又無趣

他必須默默，忘掉自己
他，必須把自己埋沒在
雜亂的字紙堆裡，
日夜耙梳，抽絲剝繭
編年編月，無月無日
也無夜；
日日夜夜，有條不紊
有理，有據
細細編織，細細舖排
有秩有序⋯⋯

錦宗兄，您是吾輩之中
唯一堅持者，一生無怨無悔
只認定眾人的我們
大中華民族的文學，在大馬
他鄉異國
擁有豐富碩大的成果；
您的志趣，就是您的
自己的使命，
您的使命，是您一生所完成的

馬華文學史料的編撰，

您的成果，可比一座

聖山，接近

京那巴魯山的山峰，我們

仰望您，一再抬頭

仰望您……

（2021.04.28／14:19研究苑）

附註：
錦宗兄逝世五周年，緬懷他的成就與貢獻，特向他致敬。
沙巴京那巴魯山，也叫神山；海拔4080公尺，是東南亞第一
大山。

管管，什麼都不管了
——哀慟送別大詩人　管管，我的
　　貴人……

年輕時，我想學習寫詩

我請教周公

夢蝶；周公說

去去去，去找管管

管管就成為了我的

第二位貴人……

我年輕時，管管才

三十來歲，

他什麼都會，什麼都懂；

他會說會唱，會寫會畫

還會演；更重要的是

他懂人生，他懂禪

他演活了自己的血淚人生，

演活了不同朝代卑微

人生的坎坷和甘苦……

人生嘛，他懂了

就什麼都可以

禪嘛，就瘋瘋癲癲

否則他哪能那麼年輕，就得

顛沛流離，開始這輩子

苦苦的人生，他怎麼能夠

好好活下來？

人生，我是不懂的

我一輩子都得

向他學習；學習什麼，

學習得來嗎？

管管的隨意，隨興

就是禪

他可以說說唱唱，你能說說唱唱嗎？

他哪樣的，瀟灑

那樣的說說唱唱，

你能哪樣，那樣學得來嗎？

我是非學不可，可學不來，

我一輩子都沒有學到

六十多年，都過去了

瘋瘋癲癲

他的這一生

這下，走了

他真的，只揮揮手

揮一揮手，我是什麼

再也沒有機會學了……

（2021.05.03／08:22研究苑）

您遠行，我們送您

——悼念　太深兄

太深兄，您遠行

您選在秋天

最美的季節，

您瀟灑的揮手，揮揮手

我們在您最懷念故國的

湄南河畔，要我們也要

瀟瀟灑灑的和您

揮手，揮揮手

思念太深，不要太深……

常常，我們想您

就像昨日

我們笑談中，仍然是

兒時流淌的鼻涕，

深深長長的

一口深呼吸，又用力

吸回去；不甜不鹹的

鼻涕……

太深，太深，太深了

如何忘記

您，遠行了

我們靜靜的送您，思念

不要太深，我們要

您，會說會笑的

太深……

（2021.10.04／16:39九份半半樓）

給自己機會，玩玩而已

林煥彰

一、

　　生肖詩畫集，是我畫生肖的一個系列；畫，是對著當年的生肖所做的畫，詩就沒有要與畫對應；詩還是隨我的心境而寫的。

　　每年出一冊當年的生肖詩畫集，是我2015年的發想；那年，是羊年，我在7月順利心想事成，出版了《吉羊・真心・祝福》。從此，我每年都給自己一份作業，寫詩畫畫，詩之外，畫的全是有意針對當年生肖所做的畫；從那年歲次乙未羊年起，我似乎因此而帶來了好運，我的詩就越寫越多，也克服了我之前從未畫過的屬於生肖題材的畫作，我便為自己許下心願，一定要在十二年之內，出齊十二生肖畫作為插圖的詩集，並以生肖為名；至於收入集中的詩作，就不刻意寫與生肖有關的詩；將來也許有可能另外出版「生肖詩集」，因為相關的詩作也寫了不少；這就是我對自己的要求，必須克服我過去所沒有畫過的題材：以前我畫的最多的是貓，還寫了很多貓的詩，出版了數種給兒童看的詩畫集；偶爾才畫些別的題材的畫作，主要是給自己玩玩的機會，讓自己在無聊時有份喜歡做的事，可打發時間，抱持著「我也是廣義的畫家」，高興就好的心態創作；至於寫詩，我已超過一甲子，自然可以自我界定，自己就是

「詩人」；寫詩，就自我認定，是一輩子的志趣，也是唯一的志業；我不知道，寫詩何用，只知道它對我自己有用……有自我療癒之用，又能與同好分享；從此，我幾乎就天天寫詩，覺得活著能寫寫詩，還是心安理得；晚年我也就過得特別自在……

二、

今年歲次壬寅，虎年；照這計劃和心願，我很開心的畫了近百張虎畫，老虎小虎都有；就像我平時寫詩一樣，成人詩、兒童詩都來，有時似乎什麼都來，也就不分成人、兒童詩，只要努力寫成詩就好；但畫畫，畫來畫去，我筆下的虎，總像我平時愛畫的貓，問題就出在我不會寫實，不愛寫實，給自己下台階，主要的就是我希望我畫的老虎，不是兇猛恐怖的動物，喜歡牠和貓一樣溫和！

說「生肖詩畫集」，畫的部分當然是配合生肖而作，至於詩作，我只設「卷頭詩」，是有意對準值年生肖而寫，並以手稿方式呈現；這也是歷年來為自己設定的，如果一定要說寫生肖的詩，我每年還是會有一些作品，用來「應景」的，尤其喜歡把它寫成兒童詩，有機會就發表和小朋友分享，不會收在這系列的集子裡。

三、

這一年，2021年，我寫的詩，特別的多，包括短到只有一行的《睜一眼，閉一眼》瓶中禪中詩系列、三行的《影子說》系列100首，以及六行小詩二十餘首，這部分合計近兩百；其他約三百五十首，成人詩、兒童詩都有；又以兒童詩居多，不是刻意書寫，都是順著當下的心境而寫，甚至還不知不覺形成了幾個不同「系列」，

如煮字詩、樹的詩、訪山裡老友、登基隆山、九份詩抄等等相關詩作；我寫詩，我書寫，向無大志；寫寫生活，寫寫心境，寫寫人生，寫寫我的日常的一些想法和感觸，有什麼就寫，寫什麼都好；是否真正的好，自己知道，不會計較好或不好⋯⋯要出書時，才做必要的整理；但為了自己方便，近年這一系列出版的詩集，我就以寫作時間先後順序編輯，雖有分輯、分卷，卻無設定主題或做相關題材的分類，不給自己太多設限，也不想讓讀者閱讀時、有什麼負擔，每首詩都是它應有的各自獨立、我所能表現的主題內涵，如此而已；讀詩，不要有什麼精神上的特別負擔⋯⋯

四、

　　成人詩，兒童詩，我都寫；成人兒童，我都沒有忌諱；如果都是詩，如果都能讀，如果都有人愛讀，那又何必去分？我就常常有這方面的想法；寫什麼，什麼都寫，我也有可能在亂寫，只要對自己沒有壞處，對人家也沒有壞處，尤其對兒童，沒有壞處，我就寫；不分閱讀對象⋯⋯

　　2021年，這一年，真的，我寫得特別多；我不知道為什麼，會從哪裡來？多，未必是好；多，也未必都不好？我認為好的，總會在後面，我相信，只要我能寫，只要我肯寫，我相信好的詩作，總有機會出現；所以，我不會停下來，我會繼續寫⋯⋯

　　這一年，我寫了多少？長長短短，超過五百；多長多短，二十行三十行都有，那算是長嗎；短，一行兩行、三行四行，都有，我都會把它們留下來；因為它們都是我寫的，都是必要的過程⋯⋯日後，我自己才能記得，我怎麼活過來⋯⋯

我不寫日記，詩像成了我的日記，我一生的一部分；我自己會看重它，因為這樣、那樣，我走過來了。

五、

詩要寫什麼，我沒什麼計劃；可寫寫之後，好像又有了什麼計劃，某些東西、某些題材、某類型的作品，就會浮現，就有可能成為一個不同的系列或一個組詩，可以展開；2021年的這一年，我就無意中寫了和疫情有關的詩作；這一年，由於全球疫情的關係，我也脫離不了關係；心情、生活、思想、情緒，總會受到它的影響，因此相關詩作也就不自覺的一再浮現；所以，這類的詩，我也沒有避諱的選了幾首。

本詩畫集，我分成四卷，加上「附錄卷」，悼念六位詩人文友，共收錄六十二首詩作；約為我去年所寫的八分之一。

由於疫情升級的關係，整個台灣籠罩在疫情的陰影下，我的心情也難免受到極大的影響；尤其個人排斥疫苗施打政策，以及整個世界對於疫苗的操作，我認為是有極大的陰謀，甚至於認定是一種另類的世界大戰；我的解讀是：這是科技、細菌、經濟和政治鬥爭的大戰；地球上從未有過如此全球性的生命威脅……

所以，去年五月起，我開始一個人走進山裡；從我居住的山區附近，搭一程小巴，進入真正的山區，走汐碇路到汐止與石碇交界那一帶、我從未走過的山裡，去親近大自然；幾乎是每天的，做好自我管理，照顧好自己；避開人群，遠離市區。因此，就有了「訪山友」的詩作出現，一寫就寫了近二十首這類的詩，這部分作品，我沒有迴避，也選了七八首，放在「卷二」裡。

近年寫「樹的詩」、「煮字詩」和與貓有關的詩，會不定時出現在我的詩作中；這部分作品，我刻意不編進來，另有專輯規劃；很抱歉，篇幅總是有限，說了半天，我還是白說了，沒能向想關注我的讀者朋友作更多更清楚的交代，總得留些遺憾吧！

　　要說想說該說的，就是感謝和祝福……

　　特別是要感謝兩位詩人教授：韋葦和薈朵，在學期忙碌中撥空為我寫序，給我很大的鼓勵，是我很需要的永續創作的動力；我會更加努力創作。

（林煥彰2022.03.24／09:30九份半半樓）

閱讀大詩49　PG2817

 虎虎・虎年・有福
　　——林煥彰詩畫集

作　　者	林煥彰
責任編輯	陳彥儒
圖文排版	黃莉珊
封面設計	劉肇昇

出版策劃	釀出版
製作發行	秀威資訊科技股份有限公司
	114 台北市內湖區瑞光路76巷65號1樓
	電話：+886-2-2796-3638　傳真：+886-2-2796-1377
	服務信箱：service@showwe.com.tw
	http://www.showwe.com.tw
郵政劃撥	19563868　戶名：秀威資訊科技股份有限公司
展售門市	國家書店【松江門市】
	104 台北市中山區松江路209號1樓
	電話：+886-2-2518-0207　傳真：+886-2-2518-0778
網路訂購	秀威網路書店：https://store.showwe.tw
	國家網路書店：https://www.govbooks.com.tw
法律顧問	毛國樑　律師
總 經 銷	聯合發行股份有限公司
	231新北市新店區寶橋路235巷6弄6號4F
	電話：+886-2-2917-8022　傳真：+886-2-2915-6275

出版日期	2022年8月　BOD一版
定　　價	400元

國家圖書館出版品預行編目

虎虎.虎年.有福：林煥彰詩畫集 / 林煥彰著. --
一版. -- 臺北市：釀出版, 2022.08
　　面；　公分. -- (閱讀大詩；49)
　　BOD版
　　ISBN 978-986-445-707-6 (平裝)

863.51　　　　　　　　　　　　111011093